Ben Schulz & Rainer Krumm

Störgefühle

Benjamin Schulz & Rainer Krumm

Störgefühle

Mit dem Phrasenmäher über den Seminar-Teppich

werdewelt Verlags- und Medienhaus GmbH

Impressum

© 2015 werdewelt Verlags- und Medienhaus GmbH
Aarstraße 6 | 35756 Mittenaar-Bicken | T +49 2772 5820-10
mail@werdewelt.info | www.werdewelt.info

ISBN 978-3-9817208-0-8

1. Auflage 2015

Autoren: Benjamin Schulz & Rainer Krumm
Fotos: Rainer Krumm (iPhone)
Gestaltung/Satz: www.werdewelt.info

Druck: CPI books GmbH
Verlag: werdewelt Verlags- und Medienhaus GmbH

Die Teppichboden-Strategie:

T = tolerant
E = empathisch
P = persönlich
P = pragmatisch
I = intrinsisch
C = charismatisch
H = harmonisch

Bonn

Startklar?!

In einem Seminarraum in Eschborn am 20. Oktober 2011 hat alles angefangen: Dieser wunderbar schreckliche Teppich (S. 77) löste irgendetwas in mir aus. Ich musste mein iPhone zücken und diesen Anblick für die Ewigkeit festhalten.

3 ½ Jahre später sind es nun über 100 Fotos, die nur darauf warten, in einem Buch der Öffentlichkeit vorgestellt zu werden. Hier ist es nun. Nach all dem Tiefsinnigen, was in den unzähligen Seminaren auf diesen Böden weitergegeben wurde, kommt jetzt meine Teppichsammlung – gepaart mit klassischen Sprüchen von Trainern und Coaches von Ben.
Viel Spaß dabei!

Rainer Krumm

Seit 10 Jahren höre ich von Trainern und Coaches: „Ich verstehe mich als Geburtshelfer oder Hebamme". Da frage ich mich: Warum reden wir so einen Sch…? Das versteht doch keiner!

Immer wieder predige ich – und als Pastorensohn halte ich es mit Luther: ich schaue den Menschen auf's Maul – endlich die Sprache zu sprechen, die auch unsere Kunden verstehen. Dann verstehen die nämlich auch, was wir sagen und wofür wir stehen.

Rainers Teppichbildersammlung ist die beste nichts und gleichzeitig viel aussagende Idee, diesen Weichspüler-Jargon sichtbar zu machen. Vielleicht wird der eine oder andere sensibilisiert, welche Art Gutmenschen-Terrorismus er regelmäßig betreibt. Viel Spaß mit den «Störgefühlen».

Ben Schulz

Es gibt keine
Probleme,
sondern nur
Herausforderungen.

Wiesbaden

Ich bin authentisch.

Bad Homburg

Wo kann ich Sie denn gerade abholen?

Schwarzwald

Ich finde es wichtig, dort wirklich noch einmal hinzuspüren.

Bad Homburg

Und vielleicht wissen Sie schon jetzt, was das später mit Ihnen macht.

Frimley, GB

Diese drei strategischen Schlüsselfaktoren führen effizient zu nachhaltigem Erfolg.

Ludwigsburg

Ich spüre dieser Frage grad mal intensiv nach.

Baiersbronn

Lassen Sie das Feedback doch einfach nur mal wirken.

Damüls, A

Was brauchen Sie, um diese Aufgabe allein zu lösen?

Was macht das jetzt mit Ihnen?

Bad Soden

Da bin ich ganz bei Ihnen!

Berlin

Darf ich die emotionale Brücke, die Sie mir geschlagen haben, betreten?

Bad Homburg

Dies ist eine wertvolle Lernerfahrung.

Wien, A

Raus aus der Komfortzone!

Bad Homburg

Ich lade Sie ein,
das Thema einmal
ganzheitlich
anzugehen.

Neu-Isenburg

Was wird hinterher anders sein als vorher?

Bad Boll

So, der Ball liegt jetzt in Ihrem Feld.

Bonn

Wir rocken das!

Berlin

Da bin ich ganz bei Ihnen!

Dachau

Am Telefon sollten
Sie lächeln.
Bochum

Was brauchen Sie, um diese Aufgabe allein zu lösen?

Köln

Ich fühle mich nicht emotional abgeholt.

Düsseldorf

Das löst bei mir ein Störgefühl aus.

Rostock

Danke für dieses Feedback.

Berlin

Toller Einwand,
den nehmen
wir in den
Themenspeicher.

Rostock

Krisen sind Lernchancen.

Essen

Wozu will Sie das Leben einladen?

Ludwigsburg

Was haben Sie dazu beigetragen, dass die Situation so ist, wie sie ist?

Zürich, CH

Ich bin Hebamme und Geburtshelfer.

Wiesbaden

Meine Sichtweise ist immer interdisziplinär.

Frankfurt

Nehmen Sie sich den Raum, den Sie brauchen.

Barcelona, E

Oh, ein Konflikt!

Da können wir wieder etwas lernen.

Giengen

Frieren wir das Problem gerade mal ein.

Farnborough, GB

In Zeiten zunehmender Globalisierung, erhöhter Anforderungen und steigender Komplexität...

Fürth

Erfolgreiche Führung ist heute empathisch partizipativ, transformational und natürlich situativ radikal.

Neuhausen, CH

Nachhaltiges
Nachdenken
beugt kognitiven
Verstörungen
vor.

Stuttgart

Der andere meint es nicht böse.

Dubai, UAE

Das macht mich betroffen.

Lassen Sie
uns doch mal ein
Spiel machen.

Zürich, CH

Das ist kein Spiel. Das ist eine Übung!

Frimley, GB

Ich merke, dass es nicht auf Resonanz stößt.

Bonn

Missverständnisse machen stark.

Paris, F

Handlungs-entlastende

Interaktions-zusammenhänge

Farnborough, GB

Man muss immer einmal mehr aufstehen, als man hingefallen ist.

Barcelona, E

Lassen Sie uns mal auf den Stuhl des anderen setzen.

Mailand, I

Was sagt denn Ihr inneres Kind dazu?

Bayreuth

Jetzt haben
Sie mich verloren.

Frankfurt

Ist das passgenau für Sie?

Hamburg

Machen Sie sich Ihre Angst zum Freund.

Fremdaussagen sind Selbstaussagen.

Fürth

Störungen haben
Vorrang.
Köln

Setzen Sie sich den Verantwortungs-affen nicht auf die Schulter.

Hamburg

Sie müssen sich nur richtig motivieren.

Stuttgart

Ich achte auf periphere Stimuli.

Bayreuth

Kognitive Dissonanz

München

Lassen Sie sich mal fallen.

Farnborough, GB

Was könnte die gute Absicht des anderen sein?

Hamburg

Entwickeln Sie sich vom Opfer zum Täter.

Leinfelden

Das ist ein Glaubenssatz.

München

Nehmen wir einmal an, Sie hätten alle Möglichkeiten der Welt.

Königswinter

Lassen Sie uns erst mal die Ressourcen aktivieren.

Leipzig

Ressourcen-orientiert führen, verkaufen, interagieren ...

Luzern, CH

Es sind immer Teilwahrheiten.

Berlin

Das ist eine Haltungsfrage.

München

Das ganze Leben besteht aus Veränderung

München

Was Sie brauchen, ist eine ausgeglichene Work-Life-Balance.

Burg (Spreewald)

Erfolg setzt Handeln voraus.

Rostock

Übernehmen Sie Verantwortung.

München

Man muss auch wollen wollen.

Leipzig

Was soll später auf Ihrem Grabstein stehen?

Welche Frage
haben wir noch
nicht gestellt, die
wir aber noch
stellen müssten?

Berlin

Die Versöhnung im Generationen-konflikt

Neulsenburg

Ich verfolge einen suggestopädischen Ansatz.

Rostock

Wer führt denn gerade bei Ihnen Regie?

Paris, F

Hatte Ihre Mutter eine schwierige Schwangerschaft?

Wiesbaden

Betroffene zu Beteiligten machen

Ottobrunn

Was ist denn Ihr semantischer Hof hierzu?

Bad Homburg

Das sind reine Fiktionen.

Paris, F

Wir sollten eine
Win-Win-Situation
anstreben.

Bad Cannstatt

Können Sie das bitte wertfrei wiederholen?

Feldkirchen

Ich
bin sinnstiftend
unterwegs.

München

Sie haben Rückenschmerzen.

Fragen Sie sich mal, welche Last Sie zu tragen haben.

Wollen Sie Teil der Lösung oder Teil des Problems sein?

Reutlingen

Hier wäre gewaltfreies Kommunizieren angebracht!

Westerham

Die themenzentrierte Interaktion bringt uns weiter.

Rosenheim

Lassen Sie uns
den Transfer
in Ihren Alltag
sicherstellen.

Welchen Knopf habe ich bei Ihnen gerade gedrückt?

Achtsamkeit
ist der Akt
des Achtsamseins.

Frankfurt

Sie sind ein Attentäter Ihrer Selbst.

Eine konsequente konstruktivistisch-systemische Herangehensweise

Köln

Was für Ansätze fehlen uns denn noch?

Bringen Sie sich ruhig ein.

Diese Übung stammt aus der kognitiven Verhaltens-therapie.

Schwabing

Darf ich
Ihnen eine
zirkuläre
Frage stellen?

Skalieren Sie bitte einmal Ihre Emotionen.

Ich gebe die Frage zurück an die Gruppe.

Ludwigsburg

XYZ ist heute eine Schlüssel-kompetenz

München

Bewusstseins-erweiterung durch mehr Achtsamkeit

Dortmund

Danke für Ihre Aufmerksamkeit.

Kirchheim

Sorgen Sie gut für sich.

Dachau

Rainer Krumm

Der Managementtrainer und Coach mit einer bisher verschwiegenen Vorliebe für Teppichböden in Seminarräumen ist Entwickler des Analysetools 9 Levels of Value Systems, mit dessen Hilfe Wertesysteme von Personen, Gruppen und Organisationen mess- und greifbar gemacht werden können. Er hat schon viele internationale Projekte begleitet, um dort Veränderungsprozesse umzusetzen und Führungsphilosophien zu implementieren.

Der studierte Wirtschaftspädagoge ist Gründer und Geschäftsführer der axiocon GmbH sowie des 9 Levels Institute for Value Systems.

30 Minuten Werteorientiertes Führen

ISBN: 978-3869366050

Unternehmen verstehen, gestalten, verändern

Das Graves-Value-System in der Praxis

ISBN: 978-3834946010

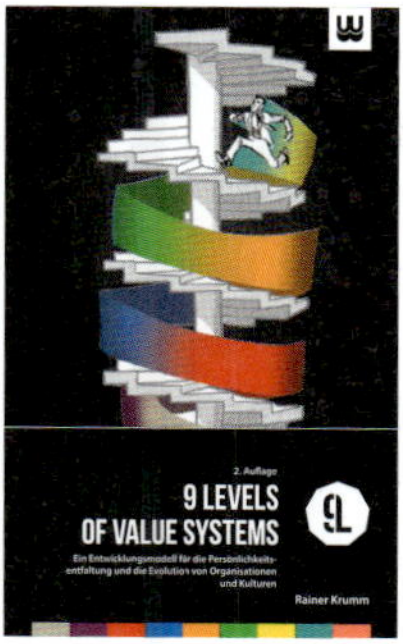

9 Levels of Value Systems

Ein Entwicklungsmodell für die Persönlichkeitsentfaltung und die Evolution von Organisationen und Kulturen

ISBN: 978-3981531879

Benjamin Schulz

Der Sparringspartner für Identität und Personal Branding nimmt kein Blatt vor den Mund. Das ist genau das, was seine Kunden so an ihm schätzen, denn er geht dabei zielgerichtet ans Eingemachte – nur so kann strategische Positionierung und Personenmarketing funktionieren.

Mit seiner Marketing-Agentur werdewelt mit Sitz in Bicken, der werdewelt business consulting in Hamburg und der werdewelt swiss gmbh in Brunnen (Schweiz) garantiert Ben Schulz professionelle Beratung und Umsetzung in Sachen Positionierung, Identität, Strategie und Markenkommunikation.

30 Minuten Personality

ISBN: 978-3869366418

Marketing Heroes never die!

Erfolgspower für Coachs, Trainer und Berater

ISBN: 978-3907100431

Raviolität

Identität oder Quatsch mit Soße?

ISBN: 978-3981531800